LA FOIRE SAINCT GERMAIN,

DEDIE'E

A MONSIEVR.

A PARIS,

Chez IONAS BREQVIGNY, au Palais,
dans la Salle Dauphine, à l'Enuie.

M. DC. XLIII.

Auec Permißion.

A SON ALTESSE ROYALE.

MEs Vers allez trouuer le genereux
GASTON.

Grand Prince, direz-vous, nous fommes voftre
Foire:

Celuy qui vous la donne eft ce pauure garçon
Qu'à Bourbon vous plaigniez en le regardant
boire.

En vous donnant des Vers importuns ou plai-
fans

Il ne demande pas recompenfe ou prefens :
Mais puifque noftre Roy veut bien qu'on dé-
fupprime

Son pere qui faillit par mal-heur feulement,
Et qu'il ordonne enfin fon reftabliffement :
Auancez-en l'effet, ô Prince magnanime !
C'eft là le feul fujet & la fin de fa rime,
Et ce que vous pouuez faire fort aifément.

LA
FOIRE
SAINCT
GERMAIN.

Angle au dos, baftons à la
main,
Porte-chaife que l'on s'a-
jufte,
C'eft pour la Foire Sainct
Germain,
Prenez garde à marcher bien jufte :
N'oubliez rien, montrez-moy tout,
Ie la veux voir de bout en bout :
Car j'ay deffein de la defcrire.
Mufe au ridicule mufeau,
De qui fi fouuent le nazeau
Se fronce a force de trop rire,
Mufe qui régis la Satyre
Viens me réchauffer le cerueau.

B

Guide de mon esprit follet,
Qui sur tout cheris le burlesque,
Souffle moy par un camoufflet
Vn style qui soit bien grotesque,
I'en veux auoir du plus plaisant,
Et fut-il un peu médisant,
I'employray tout, vaille que vaille:
Mais deuant que de rimasser,
Bannissons de nostre penser
Tout souuenir qui le trauaille,
Et commençons par la canaille
Qui nous empesche de passer.

Que ces badauts sont estonnez
De voir marcher sur des eschasses!
Que d'yeux, de bouches & de nez!
Que de differentes grimaces!
Que ce ridicule Harlequin
Est un grand amuse-coquin!
Que l'on acheue icy de bottes!
Que de gens de toutes façons,
Hommes, femmes, filles, garçons,
Et que les culs à trauers cottes
Amasseront icy de crottes,
S'ils ne portent des calleçons!

Ces cochers ont beau se haster,
Ils ont beau crier gare, gare,
Ils sont contraints de s'arrester
Dans la presse, rien ne démare.
Le bruit de penetrans sifflets,
Des flustes & des flageollets,
Des cornets, hauts-bois & muzettes,
Des vendeurs & des achepteurs,
Se mesle à celuy des sauteurs
Et des tambourins à sonnettes
Des joüeurs de Marionnettes
Que le peuple croit enchanteurs.

Mais ie commence à me lasser
D'estre si long-temps dans la boüe,
Porteurs laissez un peu passer
Ce carosse qu'il ne vous roüe :
Et puis, pour marcher seurement,
Appliquez-vous soudainement
A son damasquiné derriere,
Moins de monde vous poussera,
Le chemin il vous frayera :
Mais s'il reculoit en arriere,
De peur de brizer nostre biere,
Faites de mesme qu'il fera.

Quelqu'vn fans doute eft attrapé,
I'entends la trompette qui fonne.
Bien fouuent pour eftre duppé
Icy tout fon argent on donne.
Ha! ie le voy le maiftre fot
Qui fe gratte fans dire mot
En receuant la babiole
Qui de fon argent eft le prix.
Dieux! de quelle joye eft épris
Le maudit blanqueur qui le vole,
Et que la duppe qu'il confole
A peine à r'auoir fes efprits!

Mais qu'eft-ce que ie vien de voir?
Vne Dame au milieu des crottes.
Eft-ce gageure ou defefpoir?
Mais peut-eftre a-t'elle des bottes.
Ha vrayment! ie n'en dis plus rien,
En l'approchant ie connois bien
Que c'eft vne belle homicide,
Au nez de laquelle vn beau fart
Compofé de craye & de l'art,
Déguife bien plus d'vne ride,
Et que le filou qui la guide
Eft fon braue ou bien fon cornart.

Que

Que de peinturez affiquets
Dont les meres & les nourrices
Regaleront leurs marmouzets !
Que de gasteaux & pains d'espices !
Icy maint laquais bigarré,
Maint petit diable chamarré
Fait au Bourgeois guerre cruelle,
Tandis que son Maistre coquet
Pousse maint amoureux hoquet
Vis à vis de quelque Donzelle,
Qui l'amuse de sa prunelle
Et de son affetté caquet.

Que ces souillons de gauffriers
Font sentir l'odeur du fromage !
Et que ces noirs chauderonniers
Font vn fâcheux carillonnage !
Mais nous voylà quasi dedans,
Bon jour la Foire, Dieu soit ceans,
Ie suis vn pauure cul-de-jatte,
Qui viens tout exprés de chez nous,
Non pour achepter des bijoux,
Mais pour au grand bien de ma ratte,
Sur vostre los qui tant éclatte,
Faire quelques Vers aigre & doux

Prenez bien garde à ce soldat,
Ou pluſtoſt ce grand as de pique,
De fine peur le cœur me bat
Que contre nous il ne ſe pique.
Porteurs marchez diſcrettement,
Ne heurtez rien, mais poſément
Menez-moy par toute la Foire.
C'eſt icy, Monſieur mon cerueau,
Qu'on verra ſi ie ſuis vn veau,
Si ie merite quelque gloire,
Et ſi noſtre docte écritoire
Fera quelque choſe de beau.

Petit Poëte trop éuenté,
Gardez-vous bien de rien promettre,
Renguainez voſtre vanité,
Où diable vous allez-vous mettre?
Et quoy ne ſçauez-vous pas bien
Qu'vn conte ne vaut jamais rien
Quand on dit ie vous feray rire?
Ie crains pour vous quelque reuers,
Ie crains que les Marchands diuers
Sur leſquels vous allez écrire,
N'habillent au lieu de les lire
Leur marchandiſe de vos Vers.

Arrestez, certain jouuenceau
Chez vn confiturier se glisse,
Son dessein n'est que bon & beau,
Mais j'ay peur qu'il ne réüssisse :
Car ie remarque à ses costez,
De Pages fort peu dégoustez,
Vne trouppe bien arrangée
Et mal-faisante au dernier poinct :
Que pour eux il sort bien à poinct
Tenant à deux mains sa dragée
Qui des Pages sera mangée,
Et dont il ne mangera point.

Il ne sçait pas de quel Destin
Sa confiture est menacée,
Et qu'elle sera le festin
De la gent à gregue troussée.
Ha ! le voylà déualisé,
Dieux qu'il en est scandalisé !
Que son succre qui se partage
Parmy tous ces demi-filoux,
Luy cause vn estrange courroux !
Et qu'à ses yeux remplis de rage
Vn Escuyer foüettant vn Page
Seroit vn spectacle bien doux !

Que ces Gentils-hommes à pié
Sont de nature peu courtoise!
Que ces Damoiseaux sans pitié
Pour peu de chose font de noise!
Qu'ils ont de succre respandu,
Qui pourtant ne sera perdu:
Car de cette Irlandoise bande
Il sera bien-tost ramassé;
Mais les lieux où l'on est pressé
Ne sont pas ceux que ie demande,
Dégageons de foulle si grande
Nostre corps demy fracassé.

Allons faire de l'inconnu
Au milieu de l'Orfeurerie,
Sans doute j'y seray tenu
Entaché de bizarrerie.
Vous en serez questionnez:
Le desir de me voir au nez
S'emparera de quelque teste,
Mais lors que quelqu'vn qui l'aura
De mon nom vous enquestera
Sans luy faire beaucoup de feste,
Dites luy que c'est vne beste
Qui peut-estre le piquera.

Icy le bel art de piper
Tres-impunément se pratique,
Icy tel se laisse attrapper,
Qui croit faire aux pipeurs la nique.
Approchons ces gens assemblez,
Hommes parmy femmes meslez,
I'y vois ce me semble vne duppe:
Car ce beau porte-point-coupé
D'vn touffu pannache huppé,
Prés de cette brillante juppe
Qui bien plus que son jeu l'occupe,
Qu'est-ce qu'vn Damoiseau duppé?

Qu'ils sont d'accord ces assassins
Qui de paroles s'entremangent!
Qu'ils sont pour faire des larcins
De leurs dez qu'à tous coups ils changent!
Que ces deux Demons incarnez,
Sont sur ce pauure homme acharnez,
Qui perd tout en grattant sa teste,
Et sans dire le moindre mot,
Ha qu'il a bien trouué son sot
Celuy-là qui jure & tempeste!
Et que l'autre fait bien la beste
Auec son serment de bigot!

Foire l'element des coquets,
Des filoux & des tire-laine,
Foire où l'on vend moins d'affiquets
Que l'on ne vend de chair humaine.
Sous le pretexte des bijous
Que l'on fait de marchez chez vous
Qui ne se font bien qu'à la brune!
Que chez vous de gens sont deceus!
Que chez vous se perdent d'escus!
Que chez vous c'est chose commune
De voir conuerser sans rancune
Les galans auec les cocus!

Tout ce qui reluit n'est pas or
En ce païs de piperie:
Mais icy la foule est encor
Sans respect de la pierrerie.
Menez-moy chez les Portugais,
Nous y verrons à peu de frais
Des marchandises de la Chine:
Nous y verrons de l'ambre-gris,
De beaux ouurages de vernis,
Et de la porcelaine fine
De cette contrée diuine,
Ou plustost de ce Paradis.

Nous acheterons des bijous,
Nous boirons de l'aigre de cedre.
Mais comment Diable ferons-nous
Pour trouuer vne rime en edre?
N'importe ne radoubons rien,
Edre & cedre riment fort bien
N'en déplaise à la Poësie.
La fabrique de tant de Vers
Sur tous ces objets si diuers
Dont j'ay l'ame toute farcie,
M'a fatigué la fantaisie,
Et mis l'esprit presque à l'enuers.

Beau Portugais de Portugal
Qu'vn verre net on me deliure,
Si l'aigre de cedre est loyal
I'en achepte plus d'vne liure.
Couurez donc vn peu vos esté,
Vn peu moins de ciuilité,
Et bon marché de marmelade.
Sçaches homme au petit rabat
Que ie suis plus friand qu'vn chat
A cause que ie suis malade.
Ne montrez donc rien qui soit fade,
Ou qui ne soit pas delicat,

Il est ma foy delicieux,
Il est merueilleux ce breuuage,
Et n'est muscat ny coindrieux
Qui m'en fit mépriser l'vsage :
N'en déplaise aux beuueurs de vin,
Par mon chef il est tout diuin.
Laquais, tenez cette bouteille,
Mais gardez bien de la casser,
Et taschez de vous en passer,
En amy ie vous le conseille,
Car ie veux bien perdre l'oreille,
Si vous ne vous faisiez chasser.

Adieu Seigneur Lopes, bon soir,
Bon soir außi Seigneur Rodrigue :
Lors que ie viendray vous reuoir,
Vous me trouuerez plus prodigue.
Il est ce me semble saison
De retourner à la maison.
Ie voy desia de la chandelle,
Et ne voy plus rien de nouueau
Qui puisse porter mon cerueau
A faire vne Stance nouuelle :
Puis j'en voudroy faire vne belle,
Et ie ne voy plus rien de beau.

Tout

Tout beau petit Poëte tout beau,
Vous allez aprester à rire :
Vous ne voyez plus rien de beau,
Certes, cela vous plaist à dire.
A cette heure de tous costez
Arriuent icy des beautez,
Qui n'y viennent qu'à la nuict sombre.
A cette heure Quand pour Philis
Poudrez, frisez, luisans, polis,
Les appellant Soleils à l'ombre
Leurs fleurettes sans nombre
Sur leurs roses & sur leurs lis.

Voyons un peu ces Espiciers
Chez lesquels tant de monde achette.
O poiure blanc que volontiers
Pour vous ie vuide ma pochette !
Sçachons s'ils en pourront auoir :
Mais ie n'apperçoy que du noir
Qui fort peu l'appetit réueille,
Au lieu que ce poiure de pris
Qui purifie les esprits,
Est de l'Orient la merueille,
Preferable à la sans-pareille,
Et comparable à l'ambre-gris.

E

Adieu Peintres, Adieu Lingers,
Ie laisse voſtre belle Hiſtoire,
Et celle des autres Merciers
A quelque meilleure eſcritoire.
Adieu la Foire Sainct Germain,
Ie vay non pas en parchemin,
Mais en papier blanc comme craye
Trauailler à voſtre tableau.
Mais de mon ſtyle vn peu nouueau
Auecques raiſon ie m'effraye,
Et j'ay bien peur qu'on ne me raye
Comme vn mal-heureux poëtereau.

Ainſi chantoit vn mal-heureux,
Quoy qu'il n'euſt quaſi point d'haleine,
Et que ſon poulmon catharreux
Ne fiſt ſortir ſa voix qu'à peine.
Il le faiſoit pourtant beau voir,
Car juſtaucorps de velours noir
Habilloit ſa carcaſſe tendre,
Sa main vn baſton ſouſtenoit,
Qui par tout alloit & venoit,
Où ſa main ne vouloit s'eſtendre,
Et luy ſeruoit autant qu'vn membre,
Soit membre tors ou membre droit.

Quoy que son chant fust enroüé,
Que ridicule fut sa Lyre,
Si creut-il qu'il seroit loüé
Si GASTON daignoit en sourire:
Car il n'a chanté seulement
Que pour son diuertissement:
Toute autre fin il desauoüë;
Et quand quelqu'vn s'en moquera,
Et son carme mesprisera,
Il luy fera ma foy la moüë:
Et qu'on le blasme ou qu'on le loüé,
Au Diable s'il s'en souciïa.

FIN.